Septieme Vente Beurdeley

BOIS SCULPTÉS

DES XVIe, XVIIe ET XVIIIe SIÈCLES

CATALOGUE

DES

BOIS SCULPTÉS

CADRES ET ENCADREMENTS

Bois sculptés variés

IMPORTANTES BOISERIES SCULPTÉES ET PEINTES

Portes, Panneaux, Frises

SIÈGES ET BOIS DE SIÈGES

MEUBLES

DES XVIe XVIIe ET XVIIIe SIÈCLES

Composant la septième vente BEURDELEY

ET DONT LA VENTE AURA LIEU

HOTEL DROUOT, SALLES N°s 5 & 6 RÉUNIES

Les Mardi 13 et Mercredi 14 Décembre 1898

A DEUX HEURES

COMMISSAIRE-PRISEUR
Me PAUL CHEVALLIER
10, rue de la Grange-Batelière, 10

EXPERTS
MM. MANNHEIM
7, rue Saint-Georges, 7

EXPOSITIONS

PARTICULIÈRE : *Le Dimanche 11 Décembre 1898, de 1 h. 1/2 à 5 h. 1/2*

PUBLIQUE : *Le Lundi 12 Décembre 1898, de 1 h. 1/2 à 5 h. 1/2*

412

CONDITIONS DE LA VENTE

Elle sera faite au comptant.

Les acquéreurs payeront *cinq pour cent* en sus des enchères.

L'exposition mettant le public à même de se rendre compte de l'état et de la nature des objets, aucune réclamation ne sera admise une fois l'adjudication prononcée.

Paris. — Imprimerie de l'Art, E. Moreau et Cie, 41, rue de la Victoire.

DÉSIGNATION DES OBJETS

CADRES ET ENCADREMENTS

1 — Encadrement en bois sculpté de forme architecturale, orné d'un mascaron, de cariatides de femmes, de guirlandes et de colonnettes, xvie siècle.

2 — Cadre en bois sculpté rehaussé de dorure, décoré d'un amour, de mascarons, de guirlandes et de pendentifs, xvie siècle.

3 — Petit cadre de miroir en bois sculpté, à décor de cuirs découpés. France, École de Dijon, xvie siècle.

4 — Grand cadre en bois sculpté et partiellement doré, à fronton orné d'une tête de chérubin. Travail vénitien du xvie siècle.

5 — Cadre en bois sculpté avec rehauts de dorure, à décor de mascarons, fruits et volutes. Travail vénitien du xvie siècle.

6 — Cadre oblong en largeur en bois peint et doré, à décor de mascarons et guirlandes. Travail vénitien du xvie siècle.

7 — Cadre oblong en hauteur analogue au précédent.

8 — Cadre de forme contournée en bois sculpté et en partie doré, à volutes ; ouverture carrée. Venise, xvie siècle.

9 — Cadre en largeur en bois sculpté, à cariatides. Venise, xvie siècle.

10 — Cadre en bois sculpté et partiellement doré, à décor de rosaces, volutes et godrons. Travail vénitien. xvie siècle.

11 — Cadre analogue au précédent, et orné, en outre, d'un mascaron au fronton.

12 — Petit cadre de forme architecturale en bois sculpté, avec traces de peinture, orné de deux statuettes d'anges. Italie. xvie siècle.

13 — Cadre carré à ouverture ronde en bois doré, à carrelages et feuillages. Italie. xvie siècle.

14 — Cadre en bois sculpté et doré, à feuillages. Époque Louis XIV.

15 — Cadre en ébène sculptée et partiellement dorée, à fleurs, cannelures et feuilles. Ancien travail italien.

16 — Cadre en bois ajouré et sculpté, avec traces de dorure, à décor de feuillages et fleurs. Travail vénitien. xviie siècle.

17 — Cadre en bois sculpté et doré, à décor de colonnettes et statuettes et à fronton orné d'un sujet saint. Travail vénitien. xviie siècle.

18 — Cadre en bois sculpté, peint et doré, à rosaces. Italie. xviie siècle.

19 — Petit cadre en bois sculpté, à décor de volutes avec compartiments pour reliques. Italie. xviie siècle.

20 — Cadre ovale en bois sculpté, peint et doré, à fleurs. xviie siècle.

21 — Petit cadre en bois doré, à décor de godrons. xviie siècle.

22 — Grand cadre de glace en bois sculpté et doré, à décor d'entrelacs et feuillages, avec palmette au fronton. Époque Régence.

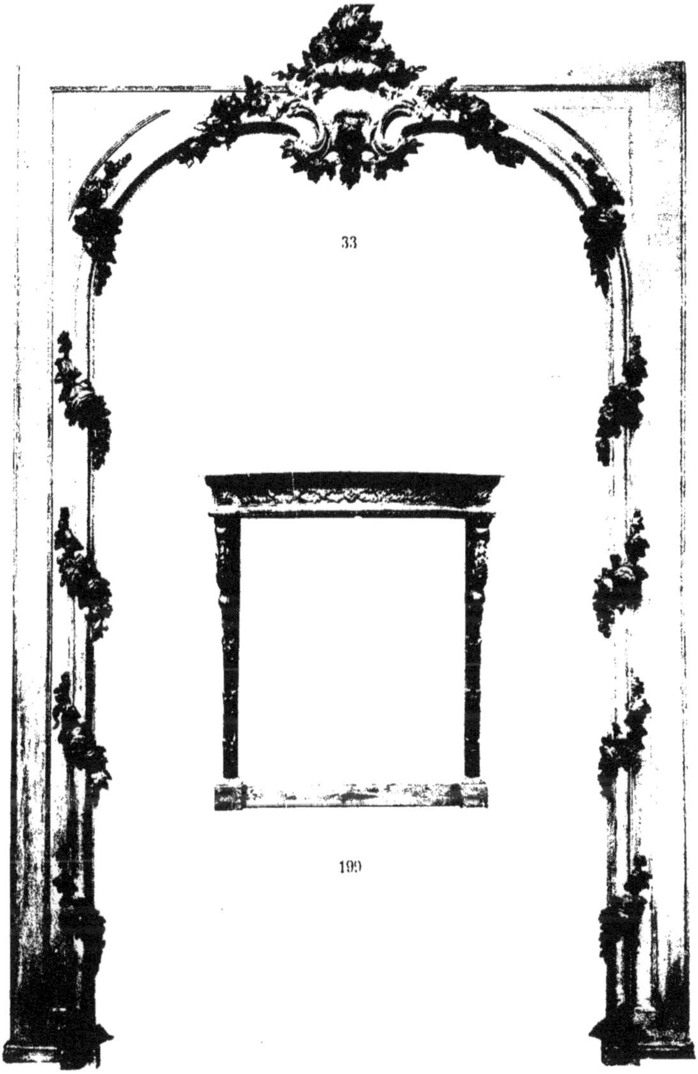

Phototypie Berthaud, Paris.

23 — Encadrement en bois sculpté et peint avec traces de dorure, à décor de palmettes, feuillages, pendentifs et volutes. Époque Régence.

24 — Grand cadre en bois sculpté et doré, richement orné de grandes feuilles, de quadrillés, de volutes et de rinceaux avec fronton formé de fleurs et de rubans. Époque Louis XV.

Haut., 2 m.; larg., 1 m. 70 cent.

25 — Autre cadre analogue au précédent : la traverse inférieure est seule dorée et le motif du fronton est différent. Époque Louis XV.

26 — Cadre oblong en bois sculpté et ajouré, à décor de motifs rocaille et de feuillages. Époque Louis XV.

27 — Petit cadre en bois sculpté avec traces de dorure formé de roseaux et de cartouches. Époque Louis XV.

28 — Petit cadre de glace en bois sculpté et doré, décoré en haut de guirlandes de fleurs et d'un motif rocaille. Époque Louis XV.

29 — Cadre ovale en bois sculpté, à feuillages enrubannés. Fin du règne de Louis XV.

30 — Grand cadre en bois sculpté et doré, orné sur les angles de fleurs de lis et de roses et, au fronton, d'un trophée. Époque Louis XVI.

Haut., 2 m. 25 cent.; larg., 1 m. 58 cent.

31 — Cadre de glace en bois sculpté, à décor de petits canaux. Époque Louis XVI.

32 — Deux cadres à ouverture ronde en bois sculpté et peint gris, à feuilles de chêne et rubans. Époque Louis XVI.

33 — Grand cadre de glace en bois sculpté et peint, enguirlandé de fleurs. XVIIIe siècle.

34 — Cadre de forme contournée en bois doré, décoré, haut et bas, de feuillages. xviiie siècle.

BOIS SCULPTÉS VARIÉS

35 — Panneau en bois sculpté à feuillages et colonnettes. Fin du xve siècle.

36 — Deux petits montants en bois sculpté : dragon et feuilles. Commencement du xvie siècle.

37 — Deux panneaux en bois sculpté, à décor de mascarons, cuirs découpés et cartouche au chiffre de Henri II. Époque Henri II.

38 — Deux petits panneaux en largeur, en bois sculpté, à décor de cuirs découpés et pendentifs de fruits. xvie siècle.

39 — Deux panneaux en bois sculpté, à décor de mascarons ailés et cuirs découpés. xvie siècle.

40 — Frise en bois sculpté, à décor de grotesques. xvie siècle.

41 — Quatre panneaux variés en bois sculpté : médaillons-bustes surmontant des grotesques. xvie siècle.

42 — Deux panneaux de portes carrés en bois sculpté : figure allégorique dans un cartouche entouré d'amours et de mascarons. xvie siècle.

43 — Frise en bois sculpté : arcades contenant des arbustes. xvie siècle.

44 — Trois fragments de panneaux en bois sculpté des deux côtés : feuillages, mascaron, buste et vases. xvie siècle.

45 — Petit panneau en bois sculpté, à mufle de lion. xvie siècle.

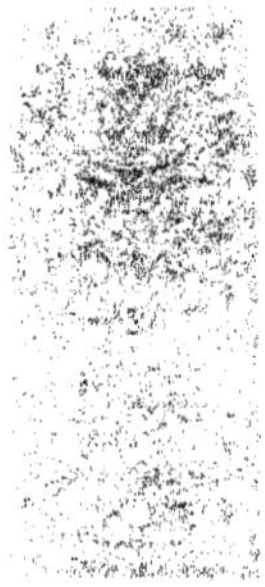

11

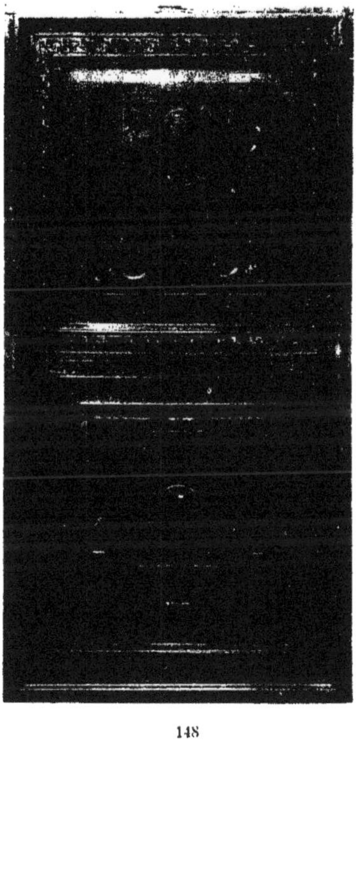

148

Phototypie Berthaud, Paris.

46 — Petit panneau en bois sculpté, à décor de cariatides, guirlandes de fruits et cuirs découpés. xvie siècle.

47 — Figurine-applique de sainte Catherine en bois sculpté. xvie siècle.

48 — Devant de coffre en bois sculpté : Amphitrite entre deux divinités marines. xvie siècle.

49 — Dix petits montants en chêne sculpté, à décor de pendentifs et têtes variées. xvie siècle.

50 — Deux petites portes de meubles en bois sculpté à médaillons-bustes. xvie siècle.

51 — Deux futs de colonnes en bois sculpté et doré, à décor de feuillages et cartouches. xvie siècle.

52 — Lanternon en bois sculpté, orné de feuillages. xvie siècle.

53 — Médaillon en bois sculpté : buste de guerrier. xvie siècle.

54 — Petit montant en bois sculpté à médaillon-buste et vase de fleurs. xvie siècle.

55 — Quatre petits panneaux carrés en bois sculpté : médaillons-bustes. xvie siècle.

56 — Deux petits panneaux en largeur, en bois sculpté : buste dans une couronne entourée de grotesques. xvie siècle.

57 — Statuette en bois sculpté et peint : saint Roch. xvie siècle.

58 — Quatre pièces : deux petites frises et deux petits montants en bois sculpté et peint noir : rinceaux et vases. xvie siècle.

59 — Frise en deux morceaux, en bois sculpté : entrelacs. xvie siècle.

60 — Petit panneau en chêne sculpté : la Décollation de saint Jean-Baptiste. xvie siècle.

61 — Petit panneau en bois sculpté, à sujet mythologique. Signé du monogramme A. D. Italie. xvie siècle.

62 — Petit panneau en bois sculpté : combat entre un cavalier et un fantassin ; fond de trophées. Fin du xvie siècle.

63 — Quatre supports-appliques en noyer sculpté : mascarons, glands et pieds griffés. Fin du xvie siècle.

64 — Bas-relief applique en bois sculpté : divinité marine. Fin du xvie siècle.

65 — Six supports-appliques en noyer sculpté : mascarons grotesques. Fin du xvie siècle.

66 — Retable en bois sculpté à sujets tirés de la vie du Christ, composition de très nombreuses figures. Commencement du xviie siècle.

67 — Quatre petits panneaux carrés en bois sculpté et doré, à sujets saints. Commencement du xviie siècle.

68 — Quatre petites cariatides, en bois sculpté, de personnages, les bras croisés sur la poitrine. xviie siècle.

69 — Quatre petits montants en chêne sculpté, feuillages surmontés d'une tête de chérubin. Époque Louis XIII.

70 — Deux cariatides de femmes en bois sculpté et doré, les mains croisées sur la poitrine, le corps se terminant en volutes ornées de roses. Époque Louis XIII.

71 — Deux petites cariatides en bois sculpté, peint et doré : chérubins, les bras croisés sur la poitrine. Époque Louis XIII.

72 — Deux consoles de dressoir variées, en noyer sculpté : volutes, feuillages et griffes. Époque Louis XIII.

73 — Bordure en bois sculpté à fruits, feuilles et rubans. Époque Louis XIII.

74 — Six pendentifs en bois sculpté et doré, à feuilles et fleurs. Époque Louis XIII.

75 — Deux petits panneaux en chêne sculpté, mufle de lion au milieu d'un cartouche. Époque Louis XIII.

76 — Médaillon ovale en bois sculpté, peint et doré : armoirie. Époque Louis XIII.

77 — Six petits cartouches en chêne sculpté : figures allégoriques. Époque Louis XIII.

78 — Deux grandes torchères-balustres en bois peint et doré, à décor de mascarons, guirlandes et cannelures. Époque Louis XIII.

79 — Torchère en bois peint, à décor d'entrelacs, feuillages et pieds griffes. Époque Louis XIV.

80 — Panneau en bois sculpté, à entrelacs et palmettes. Époque Louis XIV.

81 — Panneau en bois sculpté, à palmettes en haut et en bas. Époque Louis XIV.

82 — Mascaron surmonté d'une palmette en bois sculpté. Époque Louis XIV.

83 — Fronton en bois sculpté et doré, décoré d'un panier de fleurs, de quadrillés, de feuillages et de deux mascarons. Époque Louis XIV.

84 — PANNEAU en bois sculpté, peint blanc et doré, décoré de neuf compartiments de rinceaux et monogrammes. Époque Louis XIV.

85 — DEUX PORTES DE CABINET plaquées d'ébène gravée et sculptée sur les deux faces, à sujets mythologiques, fleurs et moulures guillochées. XVIIe siècle.

86 — MÉDAILLON rond en ébène, à sujet mythologique. XVIIe siècle.

87 — DEUX PANNEAUX octogones en ébène sculptée : sujets mythologiques ; encadrements guillochés. XVIIe siècle.

88 — DEUX PETITS PANNEAUX octogones en ébène sculptée : sujets tirés de l'histoire de Diane. XVIIe siècle.

89 — PETIT PANNEAU octogone en ébène sculptée : Prométhée enchaîné. XVIIe siècle.

90 — DEUX PETITS PANNEAUX octogones en ébène sculptée : sujets tirés de l'histoire d'Apollon. XVIIe siècle.

91 — DEUX PANNEAUX rectangulaires en ébène sculptée : la Nativité et l'Adoration des Mages. XVIIe siècle.

92 — DEUX PANNEAUX rectangulaires en ébène sculptée : sujets tirés de l'histoire romaine. XVIIe siècle.

93 — PANNEAU octogone en ébène sculptée : les Trois Déesses. XVIIe siècle.

94 — DEUX PETITS PANNEAUX en forme d'étoile, en ébène sculptée : la Nativité et l'Adoration des Mages. XVIIe siècle.

95 — FRONTON DE GLACE en bois sculpté et doré : aigle et cornes d'abondance. XVIIe siècle.

96 — SIX STATUETTES D'ENFANTS en bois sculpté ; ils sont debout, presque nus, dans différentes attitudes. XVIIe siècle.

97 — Deux colonnes en bois sculpté et doré, à base décorée de feuillages, oiseaux et amours tenant une couronne. xviie siècle.

98 — Deux cariatides en bois sculpté, à corps vêtu d'une draperie et terminé en gaine, à feuillages. xviie siècle.

99 — Deux montants-appliques en chêne sculpté, à décor de mascarons, guirlandes et pendentifs. xviie siècle.

100 — Trois pièces : embase de colonnette et deux petits chapiteaux en ébène sculptée ; mascarons. xviie siècle.

101 — Deux pieds de consoles en bois sculpté, à décor d'amours et de volutes. xviie siècle.

102 — Deux petits montants en chêne sculpté, à décor de mufles de lions tenant des pendentifs de feuillages. xviie siècle.

103 — Petite niche en bois sculpté, avec mascaron en haut. xviie siècle.

104 — Rosace en bois sculpté et peint. xviie siècle.

105 — Fronton en bois sculpté : allégorie de l'Été. xviie siècle.

106 — Fragment de soufflet de foyer en bois sculpté, à décor de mascarons. xviie siècle.

107 — Couronnement de cadre en forme de trophée d'armes en bois sculpté. xviie siècle.

108 — Deux frontons de glaces en bois peint à mascaron. Époque Régence.

109 — Deux parcloses en chêne sculpté : médaillon-buste, quadrillés et entrelacs. Époque Régence.

110 — Parclose en chêne sculpté : entrelacs et palmettes haut et bas. Époque Régence.

111 — Petit panneau en chêne sculpté : palmettes, feuillages et bordures de faisceaux de baguettes enrubannées. Époque Régence.

112 — Deux volutes de torchères en bois sculpté, à têtes de femmes. Époque Régence.

113 — Support-applique en bois sculpté : enlèvement de Proserpine. Époque Régence.

114 — Parclose en bois sculpté, à décor d'entrelacs et rinceaux. Époque Régence.

115 — Petit montant en chêne sculpté : vase, entrelacs et feuillages. Époque Régence.

116 — Deux montants en bois sculpté : rosace, entrelacs et feuillages. Époque Régence.

117 — Deux fragments de cadre en bois sculpté et doré : palmettes et feuillages. Époque Régence.

118 — Deux accotoirs en bois sculpté, à décor de quadrillés, volutes, mascarons et guirlandes. Époque Régence.

119 — Montant en chêne sculpté, décoré de quatre palmettes entourées de feuillages. Époque Régence.

120 — Panneau étroit en bois sculpté, décoré à la partie supérieure de rinceaux et petites ailes. Époque Régence.

121 — Panneau en hauteur en bois sculpté, décoré à la partie supérieure de rinceaux, feuillages et petites ailes. Époque Régence.

156

Phototypie Berthaud, Paris

122 — Panneau en bois sculpté, à baguettes enguirlandées et rinceaux. Époque Louis XV. Provenant de l'hôtel de Samuel Bernard, rue du Bac.

123 — Quatre panneaux en bois sculpté et peint gris et blanc, décorés de médaillons allégoriques aux saisons et de guirlandes de la fin du règne de Louis XV rapportées sur un fond moderne.

124 — Panneau en bois sculpté, à quatres rosaces. Époque Louis XVI.

125 — Trois pilastres en palissandre rapporté sur chêne, à décor de feuillages. Époque Louis XVI.

126 — Frise en bois sculpté, peint bleu et doré, à rosaces et entrelacs. Époque Louis XVI.

127 — Deux petits panneaux en bois sculpté et peint, ornés d'un vase en haut relief. Époque Louis XVI.

128 — Deux petits panneaux en bois sculpté et peint ornés d'un pendentif de fleurs. Époque Louis XVI.

129 — Demi-vase en bois sculpté, peint gris et doré. Époque Louis XVI.

130 — Trois fragments de panneau en bois sculpté à fleurs, attributs de l'Amour et dauphins. Époque Louis XVI.

131 — Petit socle carré à gorge cannelée en bois sculpté et doré. Époque Louis XVI.

132 — Socle de pendule en bois sculpté, peint et doré, à décor d'entrelacs. Époque Louis XVI.

133 — Deux montants en bois sculpté et doré, à faisceaux de baguettes enrubannées et enguirlandées de fleurs. Époque Louis XVI.

134 — Colonnette cannelée en bois sculpté. Époque Louis XVI.

135 — Montant en bois sculpté : fleurs de lis, rosaces et entrelacs. Époque Louis XVI.

136 — Partie supérieure d'une lyre en bois sculpté, formée d'une couronne de laurier. Époque Louis XVI.

137 — Rosace en bois sculpté et peint. Époque Louis XVI.

138 — Deux petits chapiteaux variés d'ordre corinthien en bois doré. xviiie siècle.

139 — Deux petits chapiteaux en bois sculpté. xviiie siècle.

140 — Petit panneau en largeur en bois sculpté et peint : mascarons, rinceaux et cornes d'abondance. xviiie siècle.

141 — Fronton de glace en bois sculpté et doré, formé de feuilles de chêne et de lierre. xviiie siècle.

142 — Entrejambes de console en bois sculpté, peint et doré : oiseaux sur un carquois. xviiie siècle.

143 — Chapiteau de pilastre d'ordre corinthien en bois sculpté et peint blanc. xviiie siècle.

144 — Chapiteau de pilastre, à feuillages en bois sculpté. xviiie siècle.

145 — Couronnement d'armoire en bois sculpté : frise de rinceaux avec vase de fleurs. xviiie siècle.

146 — Panneau en bois sculpté, à décor d'attributs de géométrie et d'architecture. xviiie siècle.

147 — Fronton en bois sculpté, orné d'un double écu timbré d'une couronne fermée. Premier Empire.

26

12

21

1

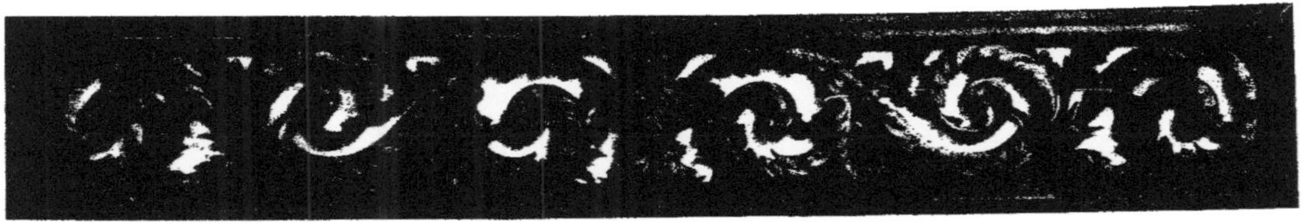

158

157

PORTES, BOISERIES ET PANNEAUX

148 — Porte en noyer sculpté, décorée de deux compartiments contenant : l'un, un cartouche entouré de rinceaux ; l'autre, un médaillon ovale : encadrements de grecque. xvie siècle.

Provenant du château des Urfé, au chiffre de Jeanne de Balzac et de Claude d'Urfé, grand sénéchal et gouverneur des enfants de France.

149 — Deux panneaux de boiserie peints à décor d'attributs sacrés. Époque Louis XIV.

150 — Encadrement de porte en bois sculpté, à décor de fleurs de lis, palmettes et rinceaux. Époque Louis XIV.

151 — Encadrement de baie en chêne sculpté, à feuillages de chêne et glands. Époque Louis XIV.

152 — Grand panneau en bois sculpté, peint gris et doré : au centre, Persée et le dragon, entourés de feuillages et de fleurs ; bordures de baguettes enguirlandées de fleurs avec trophées d'attributs en haut. Époque Régence.

153 — Deux décorations de portes, composées chacune de deux montants, d'une traverse supérieure et d'un trumeau en chêne très finement sculpté, à décor de fleurs, guirlandes, volutes, motifs rocaille, etc. Époque Louis XV.

Haut., 2 m. 80 cent. ; larg., 1 m. 50 cent.

154 — Partie de boiserie : quatre grands panneaux en bois sculpté et peint gris, ornés de cartouches, fleurs et motifs rocaille à la partie supérieure. Partie et contre-partie. Époque Louis XV.

155 — Partie de boiserie : trois grands panneaux, à décor de feuillages, flèches et cœurs enflammés. Époque Louis XV.

156 — Boiserie sculptée à moulures et feuilles, et décorée de compositions attribuées à *Leriche*, peintes sur fond bleu, à sujets de jeunes femmes, amours, guirlandes, couronnes, corbeilles, vases de fleurs, attributs, rinceaux et encadrements. Elle comprend une porte à deux vantaux avec son dessus de porte et son faux plafond, dix panneaux et huit soubassements. Époque Louis XVI.

Haut. environ, 3 m. 70 cent.; pourtour environ, 12 mètres.

157 — Porte a deux vantaux en bois sculpté, ornée en haut d'un panneau ajouré, à décor de vases et feuillages. Époque Louis XVI.

158 — Frise en bois ajouré et sculpté : course de feuillages. Époque Louis XVI. Pouvant accompagner la porte précédente.

159 — Panneau sculpté et peint, à sujet de pendentifs de fleurs et attributs, avec encadrement sur fond jaune clair. Époque Louis XVI.

160 — Dessus de porte en chêne, orné d'un œil-de-bœuf Louis XVI en bois sculpté et doré, à tore de laurier et guirlandes de fleurs.

161 — Œil-de-bœuf en bois sculpté, peint et doré, à décor de figure ailée présentant une corbeille d'où s'échappent des guirlandes de feuilles. Époque Louis XVI.

162 — Œil-de-bœuf en bois sculpté et peint, à feuilles de laurier et rubans. Époque Louis XVI.

163 — Deux panneaux de boiserie peint gris et jaune : attributs de la Poésie lyrique et de la Poésie champêtre. xviiie siècle.

SIÈGES ET BOIS DE SIÈGES

164 — Fauteuil-caquetoire en noyer sculpté, à dossier orné d'une figure allégorique en bas-relief. Époque Henri II.

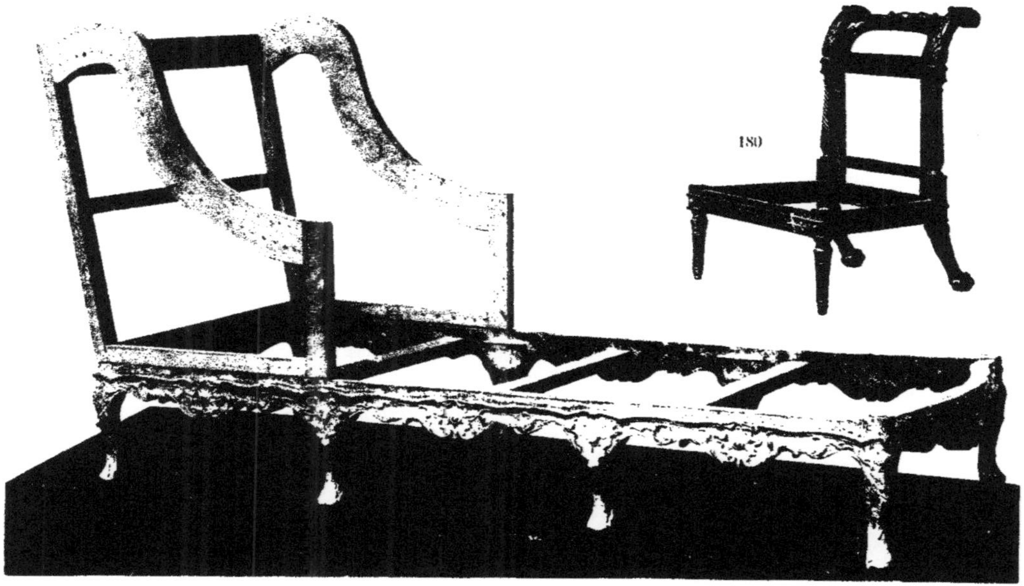

180

173

165 — Bois de fauteuil sculpté, à décor de feuillages et quadrillés sur les bras ; pieds-griffes reliés par trois traverses. Époque Louis XIV. Il a été redoré.

166 — Bois de fauteuil sculpté, à décor de feuilles et petits pendentifs sur les bras ; pieds cambrés. Époque Louis XIV. Il a été redoré.

167 — Bois de fauteuil doré, à bras ornés de feuilles et pieds balustres cannelés. Époque Louis XIV.

168 — Bois de tabouret sculpté, à décor de quadrillés et fleurs sur pieds carrés reliés par un croisillon. Époque Louis XIV.

169 — Bois doré de siège pliant à balustre. Époque Louis XIV.

170 — Deux bois de chaises dorés, à pieds balustres reliés par des traverses. xviie siècle.

171 — Bois de fauteuil doré, à décor de feuillages et rinceaux ; dossier orné de moulures cordiformes. Italie. xviie siècle.

172 — Bois de fauteuil sculpté, à décor de palmettes, quadrillés et feuillages. Époque Régence.

173 — Chaise-longue en bois sculpté et doré, à motifs rocaille et bordures de baguettes enrubannées. Époque Louis XV.

174 — Bois de chaise-longue sculpté, à fleurettes et moulures. Époque Louis XV.

175 — Bois de chaise-longue sculpté, à fleurettes et motifs rocaille. Époque Louis XV.

176 — Bois de chaise sculpté, à fleurs. Époque Louis XV.

177 — Bois de chaise sculpté, à décor de fleurs et motifs rocaille. Époque Louis XV.

178 — Bois de fauteuil sculpté, à décor de cordons de piastres, feuilles et rubans. Époque Louis XVI.

179 — Bois de chaise sculpté et peint noir et doré, à décor de canaux, cannelures et fleurs. Époque Louis XVI.

180 — Bois de fumeuse sculpté, à décor de rosaces et cannelures obliques; dossier surmonté d'un balustre. Époque Louis XVI. Il a été redoré en partie.

181 — Petit tabouret rond à trois pieds en bois sculpté, avec traces de peinture; décor de feuilles. Époque Louis XVI.

182 — Bois de fauteuil doré, à décor de feuillages, sur quatre pieds reliés par trois traverses. XVIIIe siècle.

183 — Deux bois de tabourets à X dorés, à décor de rosaces et disques. Fin du XVIIIe siècle.

MEUBLES

184 — Crédence en bois sculpté et incrusté de nacre et de bois de couleur, à décor de statuettes, mascarons, draperies ; elle ferme à deux portes, contient deux tiroirs et repose sur des pieds cariatides ; couronnement à colonnettes, mascarons et chimères. Fin du XVIe siècle.

185 — Table oblongue Renaissance en bois sculpté sur piétement, à arcature et patins feuillagés.

186 — Table oblongue en noyer sculpté, à ceinture godronnée, sur quatre pieds colonnettes cannelées reliées par trois traverses. Époque Louis XIII.

194

195

187 — **Petite console** en chêne sculpté sur quatre pieds cambrés, à décor de mascarons; croisillon d'entrejambes. Époque Louis XIV. Dessus de marbre.

188 — **Vitrine plate** en bois sculpté et doré à l'eau, à décor de feuillages et rinceaux ; elle repose sur quatre pieds cambrés. Époque Régence.

189 — **Petite table** en bois sculpté et peint gris, à pieds cambrés et ceinture cannelée. Dessus de marbre. Époque Régence.

190 — **Deux consoles** en bois sculpté avec traces de dorure, à décor de motifs rocaille ; sur deux pieds cambrés reliés par un entrejambes ajouré. Dessus de marbre. Époque Louis XV.

191 — **Console** en bois sculpté et peint gris, à décor de motifs rocaille et fleurs, avec oiseaux sur la traverse reliant les quatre pieds. Époque Louis XV. Tablette de marbre.

192 — **Petite console** en bois sculpté et doré, à décor de motifs rocaille, reposant sur deux pieds contournés ; ceinture ajourée. Époque Louis XV. Tablette de marbre.

193 — **Pannetière** en bois sculpté. Époque Louis XV.

194 — **Deux consoles** en bois sculpté, décorées de feuillages ; pieds à volutes reliés par une traverse ornée d'un vase. Époque Louis XVI. Dessus de marbre.

195 — **Console** en bois sculpté, peint et doré, à ceinture cannelée et enguirlandée, et sur deux pieds à volutes reliés par une tablette surmontée d'un vase. Époque Louis XVI.

196 — **Console demi-lune** en chêne peint et doré, sur deux pieds cannelés, à mufles de lions. Époque Louis XVI. Dessus de marbre.

197 — Autre console analogue, mais à un seul pied. Dessus de marbre.

198 — Guéridon à dessus de mosaïque de marbre et pied en bois sculpté et doré, orné de trois dauphins. Époque Louis XVI.

199 — Petite console en bois sculpté et doré, à ceinture ornée de feuilles entrelacées et pieds formés de rinceaux. Époque Louis XVI. Dessus de marbre.

200 — Petite console en bois sculpté et doré, à décor de guirlandes et sur deux pieds reliés par une traverse surmontée d'un vase. Dessus de marbre. XVIIIe siècle.

201 — Meuble en bois sculpté, à trois portes et trois tiroirs, et reposant sur des colonnettes cannelées ; il est décoré de motifs Renaissance : figure de Judith, rinceaux, têtes d'amours et palmettes.

Total

f 67.000 —

www.ingramcontent.com/pod-product-compliance
Ingram Content Group UK Ltd.
Pitfield, Milton Keynes, MK11 3LW, UK
UKHW032003260826
14628UKWH00005B/2245